AF320797

LES VICTOIRES DU ROY

SUR LES ESTATS DE HOLLANDE,

EN L'ANNÉE M. DC. LXXII.

PAR P. CORNEILLE.

Chez { GUILLAUME DE LUYNE, au Palais,
ET
SIMON BENARD, ruë Saint Jacques.

M. DC. LXXII.
AVEC PERMISSION.

LES VICTOIRES DU ROY,

SUR LES ESTATS DE HOLLANDE,

EN L'ANNÉE M· DC· LXXII.

ES douceurs de la Paix, & la pleine
abondance
Dont ses tranquilles soins comblent toute
la France,
Suspendoient le couroux du plus grand de
ses Rois,
Ce couroux seur de vaincre, & vainqueur tant de fois.
Vous l'aviez éprouvé, Flandre, Hainault, Lorraine,
L'Espagne & sa lenteur n'en respiroient qu'à peine,
Et ce triomphe heureux sur tant de Nations
Sembloit mettre une borne aux grandes actions.

A ij

Mais une si facile & si prompte victoire
Pour le Victorieux n'a point assez de gloire :
Amoureux des périls, & du pénible honneur,
Il ne sçauroit gouster ce rapide bonheur,
Il ne sçauroit tenir pour illustres conquestes
Des murs qui trébuchoient sans écraser de testes,
Des Forts avant l'Attaque entre ses mains remis,
Ny des Peuples tremblants pour justes ennemis.
Au moindre souvenir qui peigne à sa vaillance
Chez tant d'autres vainqueurs la fortune en balance,
Les triomphes sanglants & long-temps disputez,
Il voit avec dédain ceux qu'il a remportez.
Sa gloire inconsolable apres ces hauts exemples
Brûle d'en faire voir d'égaux, ou de plus amples,
Et jalouse du sang versé par ces guerriers
Se reproche le peu que coûtent ses Lauriers.

  Pardonne, grand Monarque, à ton destin propice,
Il va de ses faveurs corriger l'injustice,
Et t'offre un ennemi fier, intrepide, heureux,
Puissant, opiniâtre, & tel que tu le veux.
Sa fureur se fait craindre aux deux bouts de la Terre,
Au Levant, au Couchant elle a porté la guerre,
L'une & l'autre Iava, la Chine, & le Iapon
Frémissent à sa veuë, & tremblent à son Nom.
C'est ce jaloux ingrat, cét insolent Batave,
Qui te doit ce qu'il est & hautement te brave ;
Il te déchire, il arme, il brigue contre toy,
Comme s'il n'aspiroit qu'à te faire la Loy.

Ne

Ne le regarde point dans sa basse origine,
Confiné par mépris aux bords de la Marine:
S'il n'y fit autrefois la guerre qu'aux poissons,
S'il n'y connut le fer que par ses hameçons,
Sa fierté maintenant au dessus de la roüe
Méconnoist ses Ayeux qui rampoient dans la boüe.
C'est un Peuple ennobly par cent fameux exploits,
Qui ne veut adorer, ny vivre qu'à son choix;
Vn Peuple qui ne souffre Autels ny Diadémes,
Qui veut borner les Rois, & les regler eux-mesmes:
Vn Peuple enflé d'orgueil & gorgé de butin,
Que son bras a rendu maistre de son destin,
Pirate universel, & pour gloire nouvelle,
Associé d'Espagne, & non plus son Rebelle.

Sur ce digne ennemy vange le Ciel, & toy,
Vange l'honneur du Sceptre & les droits de la Foy.
Tant d'illustres fureurs, tant d'attentats célèbres
L'ont fait assez gemir chez luy dans les ténébres;
Romps les fers qu'elle y traine, & rends luy le plein jour,
Regne, & fais y regner le vray culte à son tour.

Ce grand Prince m'écoute, & son ardeur guerrière
Le jette avidement dans cette aspre carrière,
La juge avantageuse à montrer ce qu'il est,
Et plus la course est rude, & plus elle luy plaist.
Il s'oppose déja des troupes formidables,
Des Ostendes trois ans à tout autre imprenables,
Des Fleuves teints de sang, des champs semez de corps,
Cent périls éclatans, & mille affreuses morts.

Car enfin, d'un tel Peuple, à luy rendre justice,
Apres une si longue & si dure Milice,
Aprés un Siécle entier perdu pour le dompter,
Quelle plus foible image ose se presenter?
Des orageux reflux d'une mer écumeuse,
Des trois canaux du Rhin, de l'Issel, de la Meuse,
De ce climat jadis si fatal aux Romains,
Et qui défie encor tous les efforts humains,
De ces flots suspendus, où l'Art soûtient des rives
Pour noyer les vainqueurs dans les Plaines captives,
De cent bouches par tout si prestes à tonner,
Qui peut se former l'ombre, & ne pas s'étonner?
Si ce Peuple au secours attire l'Allemagne,
S'il joint le Mein au Tage, & l'Empire à l'Espagne,
S'il fait au Dannemarc craindre pour ses deux Mers,
Si contre nous enfin il ligue l'Vnivers,
Que sera-ce? Mon Roy n'en conçoit point d'alarmes,
Plus l'orage grossit, plus il y voit de charmes,
Son ardeur s'en redouble au lieu de s'arrester,
Il veut tout reconnoistre & tout exécuter,
Et présentant le front à toute la tempeste,
Agir également du bras & de la teste.
La mesme ardeur de gloire emporte ses Sujets,
Chacun veut avoir part à ses nobles projets,
Chacun s'arme, & la France en guerriers si féconde,
Iamais sous ses Drapeaux ne rangea tant de monde.

L'Anglois couvre pour nous la Mer de cent Vaisseaux,
Cologne aprés Munster nous preste ses Vassaux,

Ces Prelats, pour marcher contre des Sacrileges,
De leur facré repos quittent les privileges,
Et pour les interefts d'un Dieu leur Souverain
Se joignent à nos Lys le tonnerre à la main.

 Cependant la Hollande entend la Renommée
Publier noftre marche, & vanter noftre Armée.
Le Nautonnier brutal & l'Artifan fans cœur
Déja de fa défaite ofent fe faire honneur:
Cette ame du Party, cét Amftredam qu'on nomme,
Le Magafin du Monde, & l'émule de Rome,
Pour fe flater d'un fort à ce grand fort égal,
S'imagine à fa porte un fecond Annibal,
S'y figure un Pyrrhus, un Iugurthe, un Perfée,
Et fur ces Rois vaincus promenant fa penfée,
S'applique tous ces temps, où les moindres Bourgeois
Dans Rome avec mépris regardoient tous les Rois,
Comme fi fon trafic & des armes vénales
Luy pouvoient faire un cœur & des forces égales.

 Voyons, il en eft temps, fameux Républicains,
Nouveaux enfans de Mars, rivaux des vieux Romains,
Tyrans de tant de Mers, voyons de quelle audace
Vous détachez du toit l'armet & la cuiraffe,
Et rendez le tranchant à ces glaives roüillez,
Que du fang Efpagnol vos peres ont foüillez.

 Iufte Ciel! me trompay-je, ou fi déja la guerre
Sur les deux bords du Rhin fait bruire fon tonnerre?
CONDÉ preffe Vefel, tandis qu'avec mon Roy
Le généreux PHILIPPE affiége & bat Orfoy,

Ce Monarque avec luy devant Rhimbergue tonne,
Et TURENE *promet Buric à sa Couronne.*
Quatre Siéges ensemble, où les moindres remparts
Ont bravé si long-temps nos modernes Cesars,
Où tout défend l'abord, (qui l'auroit osé croire !)
Mon Prince ne s'en fait qu'une seule victoire.

Sous tant de bras unis il a peur d'accabler,
Et les divise exprés pour faire moins trembler :
Il s'affoiblit expres pour laisser du courage,
Pour faire plus d'éclat il prend moins d'avantage,
Et n'envoyant par tout que des partis égaux
Il cherche à voir par tout répondre à ses assauls.

Que te sert ô grand Roy, cette noble contrainte ?
Partager tes Drapeaux c'est partager la crainte,
L'épandre en plus de lieux, & faire sous tes ·Loix
Tomber plus de remparts & de Peuple à la fois.
Pour t'affoiblir ainsi tu n'en deviens pas moindre,
Ta fortune par tout sçait l'art de te rejoindre,
L'effet est seur aux bras dés que ton cœur résout,
Tu ne bats qu'une Place, & tes soins vont par tout,
Par tout on croit te voir, par tout on t'appréhende,
Et tes ordres font tout, quelque Chef qui commande.

Ainsi tes Pavillons à peine sont plantez,
A peine vers les murs les canons sont pointez,
Que l'Habitant s'effraye, & le Soldat s'étonne,
Vn Bastion le couvre, & le cœur l'abandonne,
Et le front menaçant de tant de Boulevarts,
De tant d'épaisses tours qui flanquent ses remparts,

Tant

Tant de foudres d'airain, tant de masses de pierre,
Tant de munitions, & de bouche & de guerre,
Tant de larges fossez qui nous ferment le pas,
Pour tenir quatre jours ne luy suffisent pas :
L'épouvante domine, & la molle prudence
Court au devant du joug avec impatience,
Se donne à des vainqueurs que rien n'a signalez,
Et leur ouvre des murs qu'ils n'ont pas ébranlez.
Misérables ! quels lieux cacheront vos miséres,
Où vous ne trouviez pas les Ombres de vos Péres,
Qui morts pour la Patrie & pour la liberté,
Feront un long reproche à vostre laschete ?
Cette noble valeur autrefois si connuë,
Cette digne fierté, qu'est-elle devenuë ?
Quand sur terre & sur mer vos combats obstinez
Brisoient les rudes fers à vos mains destinez,
Quand vos braves Nassaus, quand Guillaume & Maurice,
Quand Henry vous guidoit dans cette illustre lice,
Quand du Sceptre Danois vous paroissiez l'appuy,
N'aviez vous que les cœurs, & les bras d'aujourd'huy ?
Mais n'en reveillons point la mémoire importune,
Vous n'estes pas les seuls, l'habitude est commune,
Et l'usage n'est plus d'attendre sans effroy
Des François animez par l'aspect de leur Roy.
Il en rougit pour vous, & luy-mesme il a honte
D'accepter des Sujets que le seul effroy dompte,
Et vainqueur malgré luy sans avoir combatu,
Il se plaint du bonheur qui prévient sa vertu.

Peuples l'abatement que vous faites connoiftre
Ne fait pas bien fa Cour à voftre nouveau Maiftre,
Il veut des ennemis & non pas des fuyards
Que faifit l'épouvante à nos premiers regards :
Il ayme qu'on luy faffe acheter la victoire,
La difputer fi mal c'eft envier fa gloire,
Et ce tas de captifs, cet amas de Drapeaux,
Ne font qu'embaraffer fes projets les plus beaux.

Confole-t'en, mon Prince, il s'ouvre une autre voye
A te combler de gloire auffi bien que de joye ;
Si ce Peuple à l'effroy fe laiffe trop dompter,
Ses Fleuves ont des flots à moins s'épouvanter.
Ils ont fait aux Romains affez de refiftance
Pour en efpérer une en faveur de la France,
Et ces bors où jamais l'Aigle ne fit la Loy
S'oferont quelque temps défendre contre toy.

A ce nouveau projet le Monarque s'enflamme,
Il l'éxamine, tate, & refout en fon ame,
Et tout impatient d'en recüeillir le fruit,
Il part dans le filence & l'ombre de la nuit.
Des Guerriers qu'il choifit l'Efcadron intrépide
Glorieux d'un tel choix & ravy d'un tel guide,
Marche incertain des lieux où l'on veut fon employ,
Mais affeuré de vaincre où l'emploira fon Roy.

Le jour à peine luit que le Rhin fe rencontre,
Tholus frappe les yeux, le Fort de Skeink fe montre,
On s'apprefte au paffage, on dreffe les pontons,
Vers la rive oppofée on pointe les canons :

La Frayeur que répand cette troupe guerriere
Prend les devants sur elle, & passe la premiere :
Le Tumulte à sa suite & la Confusion
Entrainent le Desordre & la division.
La Discorde effarée à ces Monstres préside,
S'empare au fort de Skeink des cœurs qu'elle intimide,
Et d'un cor enroüé fait sonner en ces lieux
La fureur des François, & le couroux des Cieux,
Leur étale des fers & la mort préparée,
Et des Autels brisez la vangeance asseurée.
La vague au pied des murs à peine ose fraper
Que le Fleuve alarmé ne sçait où s'échaper,
Sur le point de se fendre il se retient, & doute
Ou du Rhin, ou du Vhal s'il doit prendre la route.

Les tremblemens de l'Isle ouvrant jusqu'aux Enfers,
(Ecoute Renommée & repete mes Vers)
Le grand nom de Loüis & son illustre vie
Aux champs Elysiens font descendre l'Envie,
Qui pénétre à tel point les Manes des Héros,
Que pour s'en éclaircir ils quittent leur repos.
On voit errer par tout ces Ombres redoutables
Qu'arrétérent jadis ces bords impénétrables :
Drusus marche à leur teste, & se poste au fossé
Que pour joindre l'Issel au Rhin il a tracé :
Varus le suit, tout passe, & semble dans ces Plaines
Chercher le reste affreux des Legions Romaines :
Son vangeur apres luy, le grand Germanicus,
Vient voir comme on vaincra ceux qu'il n'a pas vaincus :

Le fameux Iean d'Autriche, & le crüel Tolede,
Sous qui des maux si grands creurent par leur remede;
L'invincible Farnèse, & les vaillants Nassaus,
Fiers d'avoir tant livré, tant soûtenu d'assauts,
Reprennent tous leur part au jour qui nous éclaire,
Pour voir faire à mon Roy, ce qu'eux tous n'ont pû faire,
Eux-mesmes s'en convaincre, & d'un regard jaloux
Admirer un Heros qui les efface tous.

Il range cependant ses troupes au rivage,
Mesure de ses yeux Tholus, & le passage,
Et voit de ces Heros, Ibéres & Romains,
Voltiger tout autour les simulachres vains.
Cette veuë en son sein jette une ardeur nouvelle,
D'emporter une gloire & si haute, & si belle,
Que devant ces témoins à le voir empressez,
Elle ait dequoy ternir tous les siécles passez.
Nous n'avons plus, dit-il, affaire à ces Bataves,
De qui les corps massifs n'ont que des cœurs d'esclaves,
Non, ce n'est plus contre eux qu'il nous faut éprouver,
C'est Rome, & les Césars que nous allons braver.
De vos ponts commencez, abandonnez l'ouvrage,
François, ce n'est qu'un Fleuve, il faut passer à nage,
Et laisser en depit des fureurs de son cours
Aux autres Nations un si tardif secours.
Prenez pour le triomphe une plus courte voye,
C'est Dieu que vous servez, c'est moy qui vous envoye,
Allez, & faites voir à ces flots ennemis
Quels interests le Ciel en vos mains à remis.

C'étoit

C'étoit affez en dire à de fi grands courages,
Des barques & des ponts on hait les avantages,
On demande, on s'efforce à paffer des prémiers,
GRAMMONT ouvre le Fleuve à ces boüillants guerriers:
VENDOSME, d'un grand Roy race toute héroique,
VIVONNE, la terreur des Galéres d'Afrique,
BRIOLE, CHAVIGNY, NOGENT, & NANTOUILLET,
Sous divers Afcendans montrent mefme fouhait.
DE TERMES, & COASLIN, & SOUBISE, & LA SALLE,
Et DE SAULX, & REVEL, ont une ardeur égale:
Et GUITRY que la Parque attend fur l'autre bord,
SALLART & BERINGHEN font un pareil effort.
Ie n'acheverois point fi je voulois ne taire
Ny pas un Commandant, ny pas un Volontaire:
L'Hiftoire en prendra foin, & fa fidelité
Les confacrera mieux à l'immortalité.
De la Maifon du Roy l'Efcadre ambitieufe
Fend apres tant de Chefs la vague impétueufe,
Suit l'exemple avec joye, & peut-eftre, grand Roy,
Avois-je là quelqu'un qui te fervoit pour moy,
Tu le fçais, il fuffit. Ces Guerriers intrépides
Percent des flots grondants les montagnes liquides:
La Tourmente & les Vents font horreur aux courfiers,
Mais cette horreur en vain refifte aux Cavaliers;
Chacun pouffe le fien au travers de l'orage,
Le peril redoublé redouble le courage;
Le gué manque, & leurs pieds femblent à pas perdus
Chercher encor le fond qu'ils ne retrouvent plus:

Ils battent l'eau de rage, & malgré la tempeste
Qui bondit sur leur croupe, & mugit sur leur teste,
L'imperieux éclat de leurs hennissements
Veut imposer silence à ses mugissements.
Le gué renaist sous eux. A leurs crins qu'ils secoüent
Des restes du péril on diroit qu'ils se joüent,
Ravis de voir qu'enfin leur pied mieux affermy,
Victorieux des flots n'a plus qu'un ennemy.

Tout à coup il se montre, & de ses embuscades
Il fait pleuvoir sur eux cent & cent mousquetades:
Le plomb vole, l'air siffle, & les plus avancez
Chancellent sous les coups dont ils sont traversez.
NOGENT qui flote encor dans les gouffres de l'onde
En reçoit dans la teste une atteinte profonde,
Il tombe, l'onde achéve, & l'éloignant du bord
S'accorde avec le feu pour cette double mort.

Que vois-je? les chevaux que leur sang effarouche
Bouleversent leur charge, & n'ont n'y frein ny bouche,
Et le Fleuve grossit son tribut pour Thétis
De leurs maistres & d'eux pesle-mesle engloutis:
Le mourant qui se noye à son voisin s'attache,
Et l'entraisne apres luy sous le flot qui le cache;
Quel spectacle d'éfroy! grand Dieu! si toutefois
Quelque chose pouvoit effrayer des François.

Rien n'étonne, on fait alte, & toute la surprise
N'obtient de ces grands cœurs qu'un moment de remise,
Attendant qu'on les joigne, & qu'un Gros qui les suit
Enfle leur Bataillon que l'œil du Roy conduit.

Le bataillon grossi gaigne l'autre rivage,
Fond sur ces faux vaillants, leur fait perdre courage,
Les pousse, perce, écarte, & maistre de leur bord
Leur porte à coups pressez l'épouvante & la mort.

Tel est sur tes François l'effet de ta presence,
Grand Monarque, tels sont les fruits de ta prudence,
Qui par de feints combats prit soin de les former
A tout ce que la guerre a d'affreux ou d'amer.
Tu les faisois deslors à ce qu'on leur voit faire,
Et l'espoir d'vn grand nom, ny celuy du salaire,
Ne font point cette ardeur qui règne en leurs esprits,
Tu les vois, c'est leur joye, & leur gloire, & leur prix.

Tandis que l'escadron fier de cette déroute
Mesle au sang Hollandois les eaux dont-il degoute,
De honte & de dépit les Manes disparus
De ces bords asservis qu'en vain ils ont courus
Y laissent à mon Roy pour éternel trophée
Leurs noms ensevelis & leur gloire étouffée.

Mais qu'entens-je, & d'où part cette gresle de coups?
Généreuse Noblesse, où vous emportez-vous?
La troupe qu'à passer vous voyiez empressée
A courir les fuyards s'est toute dispersée,
Et vous donnerez seuls dans ce Retranchement
Où l'embusche est dressée à vostre emportement.
A peine y serez vous cinquante contre mille,
Le vent s'est abatu, le Rhin s'est fait docile,
Mille autres vont passer & vous suivre à l'envy:
Mais je donne un avis que je voy mal suivy.

GUITRY *tombe par terre; O Ciel, quel coup de foudre!*
Ie te voy, LONGUEVILLE, *étendu sur la poudre,*
Avec toy tout l'éclat de tes prémiers exploits
Laiße périr le nom & le sang des Dunois,
Et ces dignes Ayeux qui te voyoient les suivre
Perdent & la douceur & l'espoir de revivre.

CONDE' *va te vanger,* CONDE' *dont les regards*
Portent toute Nortlinghe, & Lens aux champs de Mars;
Il ranime, il soûtient cette ardente Nobleße
Que trop de cœur épuise ou de force, ou d'adreße,
Et son juste couroux par de sanglants effets
Dißipe les chagrins d'vne trop longue paix.
L'ennemy qui recule & ne bat qu'en retraite
Remet au plomb volant à vanger sa défaite:
On l'enfonce. Arrétez, Heros, ou courez vous?
Hazarder voftre sang c'est les exposer tous,
C'est hazarder ENGUIEN *voftre unique esperance,*
ENGUIEN *qui sur vos pas à pas égaux s'avance,*
Tous les cœurs vont trembler à voftre seul aspect,
Mais le plomb n'a point d'yeux & vole sans respect:
Voftre gauche l'éprouve. Allez, Hollande ingrate,
Plaignez-vous d'un malheur où tant de gloire éclate,
Plaignez-vous à ce prix de recevoir nos fers,
Trois goutes d'un tel sang valent tout l'Vnivers.
Ouy, de voftre malheur la gloire eft sans seconde,
D'avoir rougy vos champs du prémier sang du Monde,
Les plus heureux climats en vont eftre jaloux,
Et quoy que vous perdiez, nous perdons plus que vous.

La

La Hollande applaudit à ce coup témeraire,
Le François indigné redouble sa colere ;
Contre elle Knosembourg ne dure qu'une nuit,
Arnheim qui l'ose attendre en deux jours est réduit,
Et ce Fort merveilleux sous qui l'Onde asservie
Arréta si long-temps toute la Batavie,
Qui de tous ses vaillants unze mois fut l'écüeil,
L'inaccessible Skeink coûte à peine vn coup d'œil.

Que peut Orange ici pour essay de ses armes,
Que desrober sa gloire aux communes alarmes,
Se separer d'un Peuple indigne d'estre à luy,
Et dédaigner des murs qui veulent nostre appuy ?
La rive de l'Issel si bien fortifiée,
Par ce juste mépris à nos mains confiée,
Ne trouve parmy nous que des admirateurs
De ses Retranchemens & de ses Deserteurs.

Issel trop redouté, qu'ont servy tes menaces,
L'ombre de nos Drapeaux semble charmer tes Places,
Loin d'y craindre le joug on s'en fait vn plaisir,
Et sur tes bords tremblants nous n'avons qu'à choisir.

Ces Troupes qu'un beau zéle à nos Destins allie
Font dans l'Ouver-Issel regner la Westphalie,
Et Grolle, Swol, Kempen montrent à Déventer
Qu'il doit craindre à son tour les bombes de Munster.

LOUYS porte à Doesbourg sa Majesté suprème,
Et fait battre Zutphen par vn autre luy mesme :
L'un ouvre, l'autre traite, & soudain s'en dedit,
De ce manque de foy PHILIPPE le punit,

Iette ses murs par terre, & le force à luy rendre
Ce qu'une folle audace en vain tasche à défendre.
Ces Colosses de chair robustes & pesants
Admirent tant de cœur en de si jeunes ans :
D'vn Héros dont jamais ils n'ont veu le visage
En cet illustre frère ils pensent voir l'image,
L'adorent en sa place, & recevant sa loy
Reconnoissent en luy le sang d'un si grand Roy.

  Ainsi lors que le Rhin maistre de tant de villes,
Fier de tant de Climats qu'il a rendus fertiles,
Enflé des eaux de source & des eaux de tribut,
Approche de la Mer que sa course a pour but ;
Pour s'acquérir l'honneur d'enrichir plus de Monde,
Il preste au Vhal son frère vne part de son onde :
Le Vhal qui porte ailleurs cet éclat emprunté
En soûtient à grand brüit toute la Majesté,
Avec pareil orgüeil précipite sa course,
Montre aux mesmes effets qu'il vient de mesme source,
Qu'il a part aux grandeurs de son Estre divin,
Et sous vn autre nom fait adorer le Rhin.

  Qu'il m'est honteux, grand Roy, de ne pouvoir te suivre
Dans Nimégue qu'on rend, dans Vtrecht qu'on te livre,
Et de manquer d'haleine alors qu'on voit la Foy
Sortir de ses cachots, triompher avec toy,
Et de ses droits sacrez par ton bras reßaisie,
Chez tes nouveaux Sujets détrosner l'Héresie !
La victoire s'attache à marcher sur tes pas,
Et ton Nom seul consterne aux lieux ou tu n'és pas.

Amſtredam & la Haye en redoutent l'inſulte,
L'un t'oppoſe ſes eaux, l'autre eſt toute en tumulte:
La noire Politique a de ſecrets reſſorts
Pour y forcer le Peuple aux plus injuſtes morts,
Les meilleurs Citoyens aux mutins ſont en butte,
L'ambition ordonne, & la rage éxécute,
Et qui n'oſe ſouſcrire à leurs ſanglants Arreſts,
Qui s'en fait vn ſcrupule, eſt dans tes intereſts.
Sous ce crüel prétexte on pille, on aſſaſſine,
Chaque ville travaille à ſa propre rüine,
Chacun veut d'autres Chefs pour calmer ſes terreurs.
Laiſſe les, grand vainqueur, punir à leurs fureurs,
Laiſſe leur barbarie arbitre de la peine
D'vn Peuple qui ne vaut ny tes ſoins, ny ta haine,
Et tandis qu'on s'acharne à s'entredéchirer,
Pour quelque mois ou deux laiſſe moy reſpirer.

P. CORNEILLE.